교수님 스타일

교수님
스타일

채형복 시집

문학여행

시인의 말

학자는

세상 눈치 보며
구차하고 비루하게 사느니
혀를 깨물어 자진하고

자신을 속이거나 죄짓지 말고
밥값은 하며 살아야 한다

2024년
채형복

목차

2부

3부

4부

교수님
스타일
·
1부

교수님 스타일·1 - 나는 교수님이다

나는 교수님이다
사람들이 불러 교수님이고
사회적 지위가 교수님이다

교수님은

술도 못 마시고
헛소리도
욕도 못 하는 줄 안다

온 종일 책 읽고
글 쓰고
연구만 하는 줄 안다

교수님도

밥 먹고
똥 싸고
사랑도 한다

화도 내고
시기하고
질투도 한다

다만
교수님 스타일로

교수님 스타일·2 - 교수님으로 대접 받으려면

교수님으로 대접 받으려면
느릿느릿 움직여야 한다

한번씩은
허, 허, 그렇지요

너털웃음 흘리며
소주잔을 들어야 한다

잠깐!
원샷 금지

반잔씩만 마시라

교수님으로 대접 받으려면
느릿느릿 말해야 한다

한번씩은
허, 허, 그렇지요

맞장구치며
소주잔을 들어야 한다

잠깐!
원샷 금지

반잔씩만 마시라

교수님 스타일·3 - 교수는 그저

교수는
그저

허 허 허
웃으면 된다

알든
모르든

일단
웃으면 된다

웃다가
가끔

그게 아니야
좋아, 그렇지

추임새만 넣으면 된다

그러고는
다시

허 허 허
웃으면 된다

교수님 스타일·4 - 책을 쓰지 못하는 이유

수업 첫 시간
누렇게 변색된 시험지 뭉치를 흔들며
교수님은 말씀하셨다

탈고만 하면 되는데
왜 이리 바쁜지
법은 어찌 그리 자주 바뀌는지

10년 전에도 같은 강의안을 들고
같은 말을 했다고
선배들은 전설처럼 말했다

교수님은 보직을 하느라 늘 바빴고
법은 수시로 바뀌었다
전설은 후배들에게도 전해졌다

교수님은
결국
정년 때까지 책을 쓰지 못하였다

하지만 누가 교수님을 탓할 수 있는가
퇴직하면서 교수님은
명예교수님이 되었다

교수님 스타일·5 - 착한 사람

우리 할아버지는 말이지
우리 아버지는 말이지
우리 삼촌의 사돈 팔촌의 아들은 말이지

교수님의 집안 자랑은 끝이 없다

나는 고생 모르고 자랐어
운도 좋았지
착하게 사니까 복이 있었어

교수님의 자기 자랑은 끝이 없다

사람은 말이지
공부 이전에 사람이 되어야 해
사람이

교수님의 착한 사람 애찬은 끝이 없다

그런데 교수님
수업은 하지 않으세요
말할 수 없다

사람은 모름지기 착해야 하니까

교수님 스타일·6 - 연緣과 벌閥

연과 벌은
교수님이
사람을 판단하는 절대 기준

사돈의 팔촌하고도 그 팔촌까지
초중고대학, 고향, 군대, 친목회까지
연과 벌로 엮는다

거미줄처럼 엮인
연과 벌은
교수님 능력의 원천

나는 누구인가
존재에 대한 물음은 부질없다
연과 벌에 해답이 있는 것을

교수님 스타일·7 - 절필

교수님은 입버릇처럼 말씀하셨다
요즘 글은 읽을 게 없어

싸구려 글을 써서 뭣해
쓰려면 대작을 써야지, 대작을

대학원 시절
교수님 앞에서 나는 절로 작아졌다

역시 교수님은 대단하시다
그렇게 여겼다

전임교수가 되기 위해
다작은 피할 수 없었고

글을 쓸 때마다 몸서리쳐지는
양심의 가책

요즘 글은 읽을 게 없어

- 하릴없이 종이만 낭비하는 것은 아닐까

싸구려 글을 써서 뭣해

- 나는 지식을 사고 파는 잡상인이 아닐까

쓰려면 대작을 써야지, 대작을

- 부족한 내가 학자가 될 수 있을까

글을 써서 발표할 때마다
교수님 말씀은 비수처럼 날아와 가슴에 꽂혔다

교수님이 은퇴하신다는 소식을 들었다
얼마나 대작을 쓰셨을까

궁금해 하는 내게 후배가 말했다
지난 20년 동안 교수님은 절필하셨어요

역시 교수님은 대단하시다
붓을 꺾을 수 있어야 대가가 아닌가

교수님은 절필함으로써
대작을 넘어선 명작을 남기는 모범을 보이셨다

교수님 스타일·8 - 폴리페서

교수님은
힘을 옹호하셨다

국가가 강해야
기업이 강해야
국민을 보호할 수 있다 강변하셨다

교수님은
약자를 경멸하셨다

게으르기 때문에 가난하고
가난한 자는 비천하다며
국가 재정만 축낸다고 비난하셨다

교수님은
권력에 천착하셨다

폴리페서는 명예로운 칭호였고
언제든 떠날 준비가 되어 있었다

교수님의 존재 이유는?

권력이었다

교수님 스타일·9 - 노회

노회는 약삭빠름의 다른 표현이다
인생 60에 교수 경력 30년이면

세상의 흐름 따라 부리는 재주는
꼬리 아홉 달린 구미호를 능가한다

진실성을 잃어버린 지식인은 위험하다
순수성을 잃어버린 지식인은 교활하다

지적 교만에 빠진 지식인은 무지하다
권력을 쫓는 지식인은 비루하다

학연, 혈연, 지연은 우리 사회를 망치는 세 가지 독소
그 중심에 지식인이 있다

노회한 지식인은 겉으로는 독소 척결을 외치지만
속으로는 인연 맺기에 골몰한다

몸은 대학에 있지만
마음은 늘 밖에 있다

교수라는 지위는 세상을 향하는 출구
오늘도 교수님은 연구실을 서성이고 있다

교수님 스타일·10 - 회피

회피는 교수의 미덕
인품 있다는 말은 목숨보다 소중하다
사회정의니 교권이니
목소리를 높이는 것은 어리석다

가만히 있으면
사람 좋다 칭찬이나 듣지
쓸데없이 관여하여 좋을 일 없다

권력의 시녀란 말은 구태의연하다
사람이 권력을 떠나 살 수 있는가
자본의 시녀란 말은 가당찮다
사람이 돈을 떠나 살 수 있는가

권력이든
돈이든
힘과 능력이 있어야 가지는 법

사람은 모름지기 누울 자리보고 다리를 뻗어야 한다
권력도 돈도 없는 곳에 마음을 두는 것은 어리석다

대의와 명분은 나와는 다른 그들의 것
그들에게 맡겨두라

나서지 마라
교수는 품위만 지키면
권력도 돈도 절로 따르는 것을

교수님 스타일·11 - 색깔만 같으면

술 한 잔 나누며
교수님이 말씀하셨다

색깔만 같으면
얼마나 좋을까

선뜻 이해되지 않아

네?
무슨 말씀이신지, 되물으니

자네 말이야
나와 정치색이 같았으면

총장에게 보직 추천도 하고
법인 이사로 위촉도 할 텐데

색깔이 달라서 말이야
못내 아쉬워하며 말꼬리를 흘린다

교수님,
대학은 정치판이 아니에요

학자는 공부꾼이지
정치꾼이 아니잖아요

이제껏 다른 색깔로 살아왔으니
앞으로도 나만의 색깔로 살아가렵니다

교수님 스타일·12 - 항심

술이 거나하게 취한
교수님이 말씀하셨다

사람은 항심이 있어야 해
사람이 돈을 밝히면 못써

진나라 차윤車胤은 반딧불을 모아
그 불빛으로

손강孫康은 겨울밤 눈빛에 비추어
글을 읽었어

선비는 아무리 가난해도
항심만 있으면 이루지 못할 일이 없어

비싼 등록금 내고
하루하루 먹고 살기 빠듯한데

올곧고 변치 않는 마음이
밥 먹여 주나요

무람없이 반박하지 못하고
제자 모두 고개 숙이고 속으로만 되뇌었다

그런데 교수님,
그것 아세요?

돈 걱정이 없어야 공부도 하고
배가 불러야 염치도 있답니다

교수님 스타일·13 - 심법

이빨이 아파서
위장이 아파서

연로하신 교수님은
병원 가는 일이 잦았다

석사과정 내내
텅 빈 연구실을 지키며

애타게 가르침을 기다렸지만
교수님은 오시지 않았다

어느 날 뽀얀 먼지 쌓인 서가에서
일본책 한 권이 눈에 띄었다

요로파호ヨーロッパ法

이제껏 듣도 보도 못한 법,
인연이었다

교수님의 무관심은
한 송이 연꽃으로 피었고

스승의 지극한 뜻을 알아차린 제자는
빙긋이 웃음을 머금고

유럽법을 배우러
프랑스로 유학을 떠났다

모름지기 학문은
마음과 마음으로 전하는 법이다

교수님 스타일·14 - 무서운 사모님

엄한 부인에게 잡혀 사는
교수님이 호기를 부렸다

술에 취했고
자정 지난 늦은 밤이었다

집에 가서 한 잔 더 하자

마지못해 따라간 제자들 앞에서
교수님,

초인종을 누른다

(...)

문을 두드린다

(...)

발로 쾅쾅 문을 차며 소리 질렀다

문 열어!

그제야 활짝 열린 문 앞에서
무서운 사모님이 도끼눈으로
우리를 째려보고 서있었다

사모님, 안녕하세요
교수님, 안녕히 계세요

겁에 질려 얼음동상으로 굳어있는
불쌍한 교수님을 내버려두고
제자들은 삼십육계 줄행랑을 놓았다

교수님 스타일·15 - 공리주의

교수님은 찰스 디킨스의 소설 『어려운 시절』에 나오는 토머스 그래드그라인드*를 좋아하셨다. 모든 법이론은 공리에서 출발하여 엄밀한 추론으로 논리를 세워야 한다는 신념에 따라 교수님은 글을 쓸 때 일련번호를 매기고 요점을 강조하였다.

1. 학생이 제출한 보고서는 읽어보았음.
2. 열심히 노력한 흔적은 있으나 논리의 전개에 흠결이 적지 않음.
3. 지적한 사항을 보완하여 10월 10일 24시 00분까지 제출하기 바람. -이상-

교수님의 가르침을 받들어 성의를 다하여 답글을 썼다.

1. 보내주신 이메일은 잘 받았음.
2. 기대에 부응하지 못하여 죄송함.
3. 원고는 수정·보완하여 정해진 일시까지 송부하겠음. -끝-

---

* 공리주의를 신봉하는 인물

교수님
스타일

·

2부

교수님 스타일·16 - 삼계탕

교수님은 식사를
정말 빨리 드셨다

후루룩 쩝쩝 후딱 드시고는
난 괜찮으니 천천히 먹어라

한마디 하고 기다리고 계시면
밥을 삼키듯 흡입해야 했다

숟가락 놓기 무섭게
다 먹었제, 가자

자리를 털고 일어나셨다

교수님은 유독
삼계탕을 즐겨 드셨다

5분도 안 되는 짧은 시간에
닭의 살과 뼈를 발라내고

뚝배기에 담긴 펄펄 끓는 국물까지
깨끗하게 비우는 신공을 보이셨다

교수님 드시는 속도를 따라잡으려
허겁지겁 삼계탕 한 그릇 먹고 나면

이마에서 흘러내린 땀으로 얼굴은 번질거리고
뜨거운 국물에 덴 입천장은 벗겨지고 헐었다

삼복더위에 지친 몸을 다스리는 데
보양식이 아무리 좋다고 해도

나는 절대 삼계탕을 먹지 않는다

교수님 스타일·17 - 마법의 주문

교수님과 나 사이에는
둘만 아는 모스부호가 있다

똑똑똑 똑똑

이렇게 두드려야
연구실 문이 열린다

똑 똑똑 똑똑

이렇게 두드리면 굳게 닫힌
문은 절대 열리지 않는다

오늘도 연구실 문 앞에서
마법의 주문을 왼다

똑똑똑 똑똑!
열려라 참깨!

교수님 스타일·18 - 답변

전두환 대통령의 동생 전경환씨가 새마을연수원 원장을
맡는 것은 문제가 없습니까

형제복지원에서 가혹행위와 강제노동으로 원생들에게
인권유린행위가 일어난 것에 대해 어떻게 생각하십니까

제자의 날선 질문에 군부독재정권 아래서도 살아남은
교수님이 노련하게 답변하셨다

이 땅의 청년으로서 마땅히 해야 할 좋은 질문이야 청
년들이 사회의 불의와 부정에 항거하지 않고 눈을 감아
서야 되겠는가 그런데 말이야 잘 모르는 주제라 자료를
찾아보고 다음 수업시간에 알려 주겠네

약속과 달리 다음 그 다음 수업시간에도
정년퇴임하시고 지금까지

교수님의 답변을 듣지 못하였다

교수님 스타일·19 - 수업 들을 권리

정부가 실시하는 Y제도는
X제도를 개악한 것이 아닙니까

기본권을 침해할 우려가 있는데
교수님의 고견을 듣고 싶습니다

교수님은 잠시 판서를 멈추고
긴장한 목소리로 열심히 설명하셨지만

내용은 알맹이가 없거나
핵심에서 비켜나 겉돌았다

하지만 교수님, 과
이건 그래, 의 사이에서 몇 번의 질의응답이 오갔고

교수님은 이내 인내심의 바닥을 드러냈다

30명×20분=600분이라 적고는
분필로 거칠게 칠판을 두드리며

이것 봐, 자네 혼자 600분의 시간을 빼앗고 있어
다른 학생들의 수업 들을 권리를 빼앗아서 되겠어?

화를 내며 권위로 내 입을 막았다

그 날 수업 이후
교정에서 나를 만나면

어이, 형복이~ 잘 있지?
손을 흔들며 교수님이 먼저 인사하셨다

겁 많고 소심하지만
참 다정다감한 분이셨다

교수님 스타일·20 - 싸움의 정석

육본*에서 별 자랑 하지 말며
대학에서 지식 자랑 하지 말라고

국내박사 해외박사 골고루 섞여
공부로 2등이라면

펄쩍 뛰며 화를 내는
교수님들은

나 잘났네 너 못났네
싸우기를 논문 쓰듯 한다

주제 정하고
목차 짜고

정부자료 학술정보 열심히 수집하고
꼼꼼하고 치밀하게 각주를 단다

---

* 육군본부

은밀하게 의견을 주고받고 회의하며
뒤탈나지 않게 수정 보완도 한다

평생 누구에게 져본 적 없는
교수님들은

싸움에 관한 연구도
죽기 살기로 한다

도서관의 불빛은
이 밤에도 꺼지지 않으니

대한민국 대학의 미래가
한낮의 태양처럼 밝다

교수님 스타일·21 - 위선

위선으로 얼굴 가린 교수님은
오히려 믿지 않다

호랑이 탈을 쓰고 어르렁 겁을 줘도
실은 고양이라는 것을

여우 탈을 쓰고 재주넘고 꾀를 부려도
실은 족제비라는 것을

가면 속 얼굴은 숨길 수 없다

교수님은 맨 얼굴일 때가 무섭다

죽이든 살리든 마음대로 하라며 목을 내밀고
내가 누군지 아냐며 고래고래 고함지르고

막무가내 떼를 쓰는 막가파 교수님은
법과 정의로 만든 강철방패로도 막을 수 없다

지식을 가진 자의 통제되지 않는 뻔뻔함은
부끄럼을 모르는 묻지마 폭력이다

교수님 스타일·22 - 공동정범

교수님이 종이 뭉치 하나를 툭 던지며
말씀하셨다

타자 좀 쳐주게

다른 연구자의 글과 신문기사를 오려붙여
주제에 맞춰 얼기설기 짜깁기한 논문이다

연구윤리지침도 표절예방 프로그램도 없던 시절
남의 글을 베껴도 부끄럼을 몰랐다

도적질을 시키는 교수님이나
시킨다고 범행을 도운 제자나

오십보백보
그 나물에 그 밥이다

아니오!

단칼에 거절하지 못하고
범죄를 함께 모의한

나는
공동정범이었다

교수님 스타일·23 - 파레토법칙

야 임마, 내가 준 돈이 얼만데

교수님의 불호령이다

손님 식사비를
알아서 해결해야 했는데

어떻게 처리하면 좋을지
물어본 내 잘못이다

대학에서 살아남으려면

지식 20에 80의 눈치가 필요하다는
파레토 법칙을 잊은 대가는 참혹했다

연신 고개를 조아리며
다시는 이런 일 없도록 하겠다며

백배사죄하고 초라한 모습으로
뒤돌아 나오는데

바닥끝까지 허물어진 자존감이
왈칵 설운 눈물로 쏟아졌다

교수님 스타일·24 - 아무 것도 아는 게 없는

1.

교수님은
웃지 않는다

웃음기 사라진
굳은 표정은

학자가 지녀야 할
근엄한 권위의 상징

남을 존중하고 칭찬하기보다
남의 존경과 칭찬에 익숙한

교수님은
사람을 사랑할 줄 모른다

사랑을 모르는 교수님은
아는 게 아무 것도 없다

2.

교수님은 곤란한 일에는
남보다 한발 늦게 나선다

먼저 나서는 순간
세인의 이목을 받고

세상 앞에 훤히 드러난 자신의 발언에
책임져야 하기 때문이다

재빨리 일을 해결하기보다
남을 앞세우고는 슬쩍 뒤로 빠지는

교수님에게
정의란 남의 일이다

정의를 모르는 교수님은
아무 것도 아는 게 없다

교수님 스타일·25 - 뱀 같고 똥 같은

교수님은 입버릇처럼
제자들에게 말씀하셨다

권력과 보직은
교수를 망치는 독약이니

모름지기 훌륭한 학자가 되려거든

흉물스런 뱀을 피하듯 권력을 피하고
길 위에 떨어진 똥을 피하듯 보직을 대하라

그런데 어이하랴
교수님은

뱀 같고 똥 같은 것에
인생을 걸었다

교수님 스타일·26 - 정의의 화신

저 양반, 왜 저래

입에 거품 물고 떠드는 그를 바라보면
피곤할 따름이다

저런 열정 있으면 공부나 하지

말없이 그를 바라보고 있는
나는 나대로

한껏 목청 돋워 핏대 세우고 있는
그는 그대로

가는 길이 서로
한참 엇갈려 있다

너는 너
나는 나

너와 나는
수준이 달라

그렇게 생각한다
그게 마음 편하니까

도대체 정의가 뭡니까?

그는 오늘도 나를
매섭게 질타한다

그는, 정의의 화신
나는, 꼬리 내린 비겁자

고양이 앞에
쥐처럼 작아진다

그럼, 너는 뭐냐?

되묻고 싶지만
속으로만 삼킨다

왜냐고?

그게 마음 편하니까

교수님 스타일·27 - 빈 것들

빈 것들의 머리는
늘 비어 있다

비어있으니
현학적이다
그런 체 한다

빈 것들의 가슴은
중심이 없다

바람 불면
부는 대로
이리저리 쓸려 눕는다

빈 것들의 입은
잠시도 가만있지 않는다

그 입이 세상을 어지럽히고
사람을 죽이고
살리기도 한다

빈 것들의 머리는
비어 있는 게 낫다

비어있기에
똑똑한 척이라도 하지
그런 체라도 하지

빈 것들의 가슴은
중심이 없는 게 낫다

바람 불면
부는 대로
쓸려가게 놔두자

빈 것들의 입은
잠시도 가만있지 않는 게 낫다

입이라도 열려있기 망정이지
그 입 막아두면
세상은 벌써 결단 났을 테다

교수님 스타일·28 - 그럼, 나는 교수니까

나른하다

팔자가 좋은지
운이 좋은지
이른 나이에 교수되어

먹물에 젖은 지
이삼십년

집에 있으니 할 일 없고
느지막이 연구실 나와
점심때를 기다린다

간밤 마신 술기운으로
머리는 멍한데

해장국 한 그릇에 반주 한잔 걸치니
부수수한 얼굴에 비로소 생기가 돈다

시원한 에어컨
자장가 매미소리

연구실을 침실삼아
낮잠을 즐긴다

연구는 틈틈이, 건강을 챙겨야지

학문적 대성, 분수를 알아야지

후학 양성, 골치 아픈 일을 왜 만들어

적당히 공부하고
후하게 대접받고
요령껏 처신하면 그만

지식인의 사명 역사적 인식 민중의 애환과 고통
분단 극복 화해 협력 남북통일 한반도 평화 따위

고민하면 뭣해

그래봤자
튀는 놈 별난 놈이란
비난만 들을 뿐

두루뭉술하게 살아가는 겨
그게 가능해?

그럼, 나는 교수니까

교수님 스타일·29 - 자랑질

어휴, 또 시작이다

이교수도
김교수도
얼굴 가득 짜증이다

저 양반의 자랑질은 어째 끝이 없노

그만하라라며 은근히
질책 해봐도 통하지 않는다

참자

한발자국만 앞으로 더 나아가면
위험하다

삐이! 삐이익!
본능에서 울리는 거친 경보음

어떤 경우라도
교수들의 자존심은 건드리면 안 돼

대단하십니다
맞장구쳐준다

다시 자랑질이 시작되고
기고만장한 기세는 하늘 높은 줄 모른다

여기 당신보다 똑똑하지 못한 교수 있나?

되박고 싶지만
꿀꺽 속으로 삼킨다

괜히 서로 얼굴 붉힐 필요 없지

교수님의 자기 자랑은
끝날 줄 모르고

그는 그대로
우리는 우리끼리

시시덕대기 시작했다

교수님 스타일·30 - 법률가 - 신神

무엇을

따지고
분석하고
정의定義하는 것은

교수님의 병통

교수님은

합리적
논리적
이성적
현실적이지 않은 것

을

참을 수 없다

사람이 왜 그리

합리적이지 못해
논리적이지 못해
이성적이지 못해
현실적이지 못해

이 말보다 더한
모욕은 없다

시장과 경쟁
공리와 공정
이윤과 효율
결과와 책임

을

신으로 모시는 교수님은

더 이상

가난을 동정하고
약자를 연민하고

불의에 분노하고
사랑에 목숨 거는

나약한 인간이 아니다

교수님은

합리의 신
논리의 신
이성의 신
현실의 신

을

모시는

피도 눈물도 인정도 없는
냉혈한 법률가 - 신이다

교수님
스타일
·
3부

교수님 스타일·31 - 대화

교수님과의 통화는
국제전화를 연상케 한다

대화와 대화 사이 존재하는
이원離遠의 공간

채 교수!
(뚜뚜 -)

네!
(뚜뚜 -)

잘 지내지?
(뚜뚜 -)

네!
(뚜뚜 -)

이어지지 못하고
마디마디 툭툭 끊기는

대화와 대화의 간극에서
묻어나는 어색함

교수님과 나 사이에는
가까이

앞으로 다가갈 수도
뒤로 물러설 수도 없는

루비콘강이 흐르고 있다

교수님 스타일·32 - 관습을 무시한 대가

중간시험 때마다 교수님은
똑같은 시험문제를 냈다

관행이 일정 기간 계속되어
법적 신념에 이르면
관습이 된다는 이론에 따라

교수님의 출제 관행은
법적 신념을 거쳐
관습이 되었다

설마 올해는 아니겠지
방심한 나는 순진했다

8년째인 그해도
교수님은 같은 문제를 냈고

바보처럼 다른 문제를 공부한
나는 C+를 받았다

법학도로서
관습을 무시한
어리석음의 대가였다

교수님 스타일·33 - 교수님 계실 자리

도대체 지식인들이
제대로 하는 일이 뭐가 있습니까

말만 번지르르 할 뿐
책임지는 사람이 없어요

교수 출신 장관들을 모아놓고
대통령이 준엄한 목소리로 꾸짖는다

두 손 가지런히 모으고
다소곳이 고개 숙인 채

옳다 그르다
장관들은 말이 없다

거기서 뭣 하세요
어서 돌아오세요

교수님 계실 자리는

거기, 청와대가 아니라
여기, 연구실입니다

교수님 스타일·34 - 야바위꾼

단정하게 넥타이 매고
고급 양복 정장으로 차려입고
얼굴에는 온화한 미소를 띤

부드러운 겉모습 가진 교수님의
말은 세련되고 교양 넘치며
절제된 행동은 반듯하고 예의바르다

신사 같은 그의 겉모양에 속지 마라

굶주리고 헐벗고 가난한 이를
게으르고 무능하다 경멸하고

타인의 아픔에 공감하고 눈물 흘리며
고통으로 아우성치는 세상을 살리는

지식의 최전선에 서 있지 않다면

교수님은,

세상의 이치를 꿰뚫은 강단의 학자가 아니라
싸구려지식을 사고파는 길거리의 야바위꾼이다

교수님 스타일·35 - 가르침

한 꼭지를 들어 말해주었는데
세 꼭지를 유추하여 반추할 줄 모르면
더 반복치 아니하고 기다릴 뿐

모든 일에는 때가 있다는
공자의 말처럼

스승이 사랑으로 가르치려 해도
제자가 배우려 않는다면

그 자리 그대로
멈추고 기다려야 한다

어리석은 제자가
스승의 크나큰 가르침을 깨닫지 못하면

세상이 채찍으로
등짝을 후려치며 가르친다

교수님 스타일·36 - 의심

회의하고 따져 묻는 태도가
학문하는 바른 자세라 믿는

교수님은

사람의 말을 믿지 못하고
일단 의심부터 한다

먼저 말씀해 보시지요

겸양을 가장한 어법에는
자신의 속내를 드러내지 않고

남의 의중을 떠보려는
강한 의지가 숨어있다

사실은 이러저러 합니다
말머리를 꺼내려는데

그런데 말입니다

교수님의 이 한마디 말로
남의 의견은 정중하게 무시되고 만다

목적과 본질은
허울에 불과할 뿐

절차와 형식은

교수님을 지키는
강력한 수단이자 무기

동료애는
거추장스런 장식일 뿐

인간애란
나약한 자의 변명일 뿐

교수님은
동료도 자신도 믿지 않는다

이해득실 따라 움직이는 권력만이
자신을 지키는 유일한 수단이라 믿고 있는

교수님은 알고 계실까

권력도 교수님 못지않게
사람을 의심하고 믿지 못한다는 사실을

교수님 스타일·37 - 관계

교수님과의 소통은

전화와 이메일
문자와 공문으로만 이뤄진다

증거와 근거가 남지 않는
은밀한 사적인 한 잔의 커피는

어색하고
불편하고
위험하다

교수님과 나는?

공公 - 적敵 - 관關 - 계係

교수님 스타일·38 - 처세술

교수노릇 편하게 하려면
모름지기 처세술이 좋아야 한다

선배교수 만나면
90도로 허리 꺾어 깍듯이 인사하고

군말 않고 시키는 일 잘하고
나 잘 났네 뻐기지 않아야 한다

모난 돌 징 맞는다고
앞서 나설 필요 없고

남의 의견이 맞고 틀리고는 중요치 않으니
옳다 그르다

겉으로 속내를 드러내지 말고
묵묵부답 말없이 가만있으면 된다

교수공채 할 때
총장 학장 선거 할 때

무시로 터지는
투서 사건

익명성을 가장한
민주주의에 대한 테러

어둠 속에서 즐기는
은밀한 불꽃놀이

어떤 경우든
무슨 일이든

내 일이 아닌 남의 일에
괜히 나서지 말고 가만 있으라

군자는 숨어 있어도 드러나고
비천해도 밝게 알려지며
사양함으로써 남을 이긴다고*

불구경은 음침한 장소에 숨어
몰래 지켜봐야 재밌는 법이다

---

* 순자(荀子)의 말

교수님 스타일·39 - 메아리

영국 미국 여러 대학 옮겨 다니며
기름진 버터를 혓바닥에 발라

영어발음을 매끄럽게 굴리는
비법을 체득한 교수님

지시하듯
명령하듯

아 유 언더스탠드, 오케이?

내뱉고는 전화를 끊는다

당신은 영어만 할 줄 알지
난 불어도 할 줄 알아

점잖은 체면에 목구멍 끝까지 차오르는 욕설은
차마 내뱉지 못하고

아무도 없는 연구실 천장에 대고 소리 지른다

부 제뜨 푸 우 꽈?*

분노에 절은 이 말은
텅 빈 동굴을 울리는 메아리로 되돌아와

얼굴 없는 악령으로 따라붙어
온종일 나를 괴롭혔다

---

* Vous êtes fou ou quoi? "당신 미쳤어(돌았어)?"란 뜻의 불어 표현

교수님 스타일·40 - 카멜레온

시대 사명도
정치의식도 없다

학문적 가치관도
소신도 없다

보수니
진보니

무슨 상관

바람에 쏠리는 낙엽처럼
물결 따라 눕는 갈대처럼

주류 따라
움직이면 그만

녹음 짙은 여름이면
푸른 초목이 되고

단풍 물든 가을이면
붉은 산천이 되는

교수님의 변신은

무죄
면책 특권

교수님이 제일 좋아하는
동물은?

카멜레온

교수님 스타일·41 - 철부지 어른 아기

교수님은 철부지 어른 아기

자신을 알아 달라 보채고
힘들다 괴롭다 칭얼댄다

교수님은 늘 일등을 해야 한다

책은 썼다하면 베스트셀러
외국어는 배웠다하면 국내 최고

세상에서 자신이
제일 똑똑하다 믿는 교수님은

남을 인정하기 보다는
인정받길 원한다

그런데 이를 어쩌나

교수 모두 자신이

가장 똑똑하고
잘났다고 믿고 있는 걸

교수님 앞에서는
예~예~ 하면서도

에이 저 바보
저만 잘 났나

뒤에서는 코웃음 치고 있음을
똑똑한 교수님만 모른다

교수님 스타일·42 – 낭중지추囊中之錐

교수님은 학계에서 존경받는 분이시다
인품과 덕망, 학식과 견문
두루두루 갖추셨다

교수님이 가진 문제는 딱 하나
국내 최고대학을 나온 것

허 허 너털웃음으로 덮으려 해도
주머니에 숨긴 날카로운 송곳처럼
출신대학만 도드라져 보였다

수도권 대학의 교수공채 면접을 보는 날
지방대 출신 젊은 지원자에게
교수님이 묻는다

지방대 나왔네
대학원도 지방대 나왔군
서울에 있는 대학원에 진학하지

굳은 얼굴로 석상처럼 둘러앉은 동료 교수들
고개 숙이고 하릴없이 서류만 들척일 뿐 아무 말이 없다
교수님은 범죄용의자를 취조하는 검사처럼 군림한다

면접보고 서울역으로 돌아오는 지하철 1호선
교통비라며 학과장이 내민 하얀 봉투 통째로
탁발하는 비구니스님에게 보시하였다

자애로운 인품으로 덧칠된 교수님의 명성이
부처님의 지극한 가피원력으로 이어졌을까
지방대 출신자는 수도권의 다른 대학 교수로 임용되었다

교수님 스타일·43 - 헤게모니 싸움판

전혀 낯설지 않다
이 풍경은

비밀스런 음모와 작전
무차별 인신공격과
전방위 투서

능력보다 학벌
비전보다 이익
소신보다 결과 따라

표가 모였다 흩어지는 선거에서
교수님이 미는 후보가
총장이 되었다

썩은 고기에 파리 꼬이듯
보직을 권력이라 여기는 교수님
남들보다 먼저 총장실로 찾아가 인사한다

학자가 가져야 할
소신과 사명, 자존심 따위
길바닥에 던져버린 지 오래

인생이든 대학이든
권력 향한 헤게모니 싸움판이라 믿는 교수님

총장실을 나서다 말고 휙 고개 돌려
썩은 미소 흘리며 말한다

총장님, 나도 힘있습니데이~!

교수님 스타일·44 - 체통

평생 남을 가르치고 훈계하며
살아 온 탓일까

교수님은 남에게 질책듣기를
죽기보다 싫어한다

교육부 이 새끼들이 승인 안 해 주면
총장은 쪽 팔려서 어떡하나?*

학자로서 체통이 있지
격이 낮고 속된 말로 욕하면 되느냐

동료의 날선 지적에 잔뜩 화가 난 교수님
길길이 날뛰며 막말을 쏟아낸다

뾰족한 창 같은 혀가 뱉어내는
예리한 칼 같은 말이

---

* 윤석열 대통령 발언의 패러디

통제되지 않는 분노와 뒤섞여
동료의 가슴팍을 할퀴고 도려낸다

다툼이 있을 때는 양 당사자에게 들어라

법률가들은 이 말을 가슴에 새겨야 한다며
교수님은 제자들을 가르쳤다

평소의 가르침은 어디로 가버렸을까

내가 오해했소
한쪽 말만 들을 게 아니라

그대 의견도 들어봐야 했소
신중하지 못하여 미안하오

가벼운 사과 한마디면 될 것을
자존심 강한 교수님은

끝내 사과하지 않고
상대를 다그쳐 궁지로 몰아넣기에 여념이 없다

교수님 스타일·45 - 철없는 아이

교수님에게 학생은
스무 살이든 서른 살이든
모두 철없는 아이다

(가끔 아이는 애로 불린다)

부모에게 자식이
마흔 살 예순 살이든
품 속 아기인 것처럼

나이를 먹어도 학생은
교수님에게
어른이 될 수 없다

우리 애들은 똑똑하고
선생님 말씀에 순응하고
법과 질서를 잘 지켜요

제대로 가르치고 키우면
사회를 빛낼 훌륭한 인재로
자라날 거에요

〈주의사항〉

이때의 아이들은 미래에 법률가가 될
로스쿨에 다니는 성년 학생을 말함

교수님
스타일
·
4부

교수님 스타일·46 - 학자의 자세 1

오욕과 영욕의 시대
인품 있는 학자로 살라 한다

불의에 눈 감고 귀 닫고
침묵하라 한다

약자의 고통을
외면하라 한다

세상에서 고립된 연구실에 들어앉아
책 읽고 글 쓰며 공부만 하라 한다

몇 편의 논문을 썼는가
수치로 계량된 학자의 능력

자본과 경쟁에 찌든 대학은
비판 정신을 잃었다

소유와 지배를 향한 욕망이
무한 증식을 반복하는 현실에서

지식은 계급과 자본을 위한
멋진 수단

이성을 가장한 실정법 담은 법전을 들고
교수님은 오늘도 강의실로 향한다

교수는 군주
학생은 신민

나를 믿고 따르라
묻거나 따지지 마라

의문은 항명,
죽음이다

교수님 스타일·47 - 학자의 자세 2

학자는
지식의 밭을 갈고

지혜의 씨를 뿌리는
농부

어느 해는 가물어
어느 해는 장마로

애써 가꾼 곡식을 모두 잃고
주린 배로 하늘을 원망하여도

농부는 종자로 쓸 씨앗만은
먹지 않고 남겨둔다

봄이 오면
농부는

괭이로 땅 파고
쟁기질하고

밭 갈고
다시 씨를 뿌린다

쭉정이는 버리고 실한 열매만 따먹는
세상인심이 야속하지만

현명한 농부는
밭 갈고 씨 뿌리는 일을 멈추지 않는다

교수님 스타일·48 - 법학도의 자세

인류는 지구라는 운명공동체에서
서로를 아끼고 사랑하며 다함께
평화롭게 살아가야 할 이웃이기에

어리다고
늙었다고
가난하다고

이민자라고
장애인이라고
성소수자라고

무시당하고 차별받지 않는
세상을 만들어야 한다

어느 학생의 발표에
교수님은 한마디로 잘라 말한다

아니야, 아니야
그것은 법이 아니야

법은 말이야

굳건한 강철 같은 의지로
힘 있는 국가를 건설하고

우수민족인 대한국민의
자유와 생명을 보호하며

사회혼란을 막기 위해
엄정한 법질서를 세워야 해

법학도는 말이야

법전에 나오지 않는 것은

말하거나 해석해서는 안 돼
꿈꾸거나 상상해서도 안 돼

알았지?

교수님 스타일·49 - 99점

학기를 마치고 소주잔을 기울이다 여쭈었다

제자가 열심히 공부했다고 생각하시면
99점이 아니라 100점을 주시면 얼마나 좋습니까

교수님이 단호하게 말씀하셨다

선생에게 제자란
1점은 부족한 법

99점은 줄 수 있어도
100점 만점이란 있을 수 없어

교수님 말씀 따라 그날부터 오늘까지 수십 년을
앞뒤 돌아보지 않고 쉼 없이 학문에 정진했지만

1점을 채우지 못한 내 공부는
100점 만점에 아직도 99점이다

교수님 스타일·50 - 가방모치

공법학의 대가로 칭송받는 교수님은
손에 무엇을 들고 다니는 법이 없었다

교수님이 어디서 무엇을 하든 제자인 모 선배가
가방을 들고 따라다니며 시중들었기 때문이다

가방모치는 스승을 신처럼 떠받드는
일본식 도제교육의 아름다운 유습이라 하였다

스승님 댁의 크고 작은 집안일 돌보고
자제분의 등하교와 숙제를 대신 해주고

경조사 챙기고 이삿짐 나르고 뒷정리하고
사모님을 병원으로 모시고 가서 뒤치다꺼리하고

제자라는 이유로 교수님의 가노가 되어야 했던
선배의 아픈 역사는 어떤 기록으로도 남아있지 않다

교수님 스타일·51 - 인내의 미덕

마음을 비웠노라
욕심을 버렸노라

군자처럼 행동하는

교수님의 말은 점잖고
행동은 예법을 넘는 일이 없다

오른 뺨을 때리면
왼쪽 뺨도 내주라는

예수 말씀

주리를 틀고
칼로 목을 내리쳐도

사람에 대한 일체의 원망을 버리고
마음을 내려놓으라는

부처 말씀도
의심 없이 받아들인다

참을 忍인 자 세 번 외우면
살인도 피한다는데

참을 忍 자 새길수록
마음에는 칼날 刃인 자가 자란다

왜 나만 참아야 하지
억울함에 울화가 치솟고

그래도 참아야지
되뇌며 힘들게 잠든 날

교수님은

밤새 예리한 칼날에 심장이 난도질당하는
악몽에 시달렸다

교수님 스타일·52 - 교수님들은 죄가 없다

어느 고을에
선비가 산다

모두 교수님이다

방문 굳게 닫힌 연구실은
그들만의 공화국

교수님들은

창으로만
세상을 본다

창문의 길이만큼
생각하고

창문의 너비만큼
행동한다

창문의 크기는

교수님들을 규정하는
가늠자

공간이 의식을 지배한다 하였으니
좁은 사각 창틀에 갇혀

좀생이처럼 생각하고 행동하는
교수님들은 죄가 없다

하늘만큼 땅만큼 넓지 못한
연구실 창문 탓이다

교수님 스타일·53 - 애증

내게 자가 있어
당신과 내 마음의 길이를 잴 수 있다면

내게 저울이 있어
당신과 내 마음의 무게를 달 수 있다면

당신에게 다가서려는 내 마음을 재고
물러서려는 내 마음도 달 수 있겠지요

지나친 사랑도 미움도
당신을 가지려는 내 마음의 욕심입니다

스승이시여,
지옥의 유황불로 담금질된 칼을 주세요

불가근 불가원*

---

* 不可近 不可遠: 가까이할 수도 멀리할 수도 없음

다가서려는 마음도
물러서려는 마음도

단칼에 베어 내렵니다

교수님 스타일·54 - 밥값

교수님이 말씀하셨다

학자로 살기로 마음먹었으면
밥값을 해야 해

기득권의 편에 서서
단물만 빨아먹으며

제 할 일 하지 않고 빈둥빈둥
공짜 밥을 먹어서는 안 돼

밤낮으로 공부하고
열성으로 학생을 가르치며

불의한 권력의 편에 서지 않고
힘없는 사람들을 위해 싸우고

야비한 자본이 휘두르는 창과 칼에 찔려 신음하는
가난한 사람들이 흘리는 눈물을 닦아주는 것도

세상에 빚지지 않고
밥값을 하려 함이야

나는 이제 부처님께
밥값을 했다!

성철 스님 말씀처럼

살아있는 지금부터
죽는 마지막 순간까지

학자는 쉼 없이 정진하며
밥값을 해야 해

교수님 스타일·55 - 나를 안다 하지 말게

1인 독재체제를 확립하고
대학을 사유화하려는 총장에 맞서

교수님은 온몸으로 맞서
힘겹게 싸우고 있었다

유학 마치고 인사드리러 간 자리에서
교수님이 말씀하셨다

나를 안다 하지 말게

제자의 앞길을 막을까
걱정하여 한 말이었다

첫닭이 울기 전
스승 예수를 알지 못한다고

세 번 부인한 베드로처럼
십자가에 거꾸로 매달려 죽기 싫은 나는
단호하게 말했다

제자가 어찌 스승을 모른다 할 수 있겠습니까
그 말씀만은 따를 수 없습니다

스승을 믿고 따른다는 이유로
갖은 멸시와 박해를 받았지만

불의에 분노하라
        저항하라
        투쟁하라는 가르침

가슴에 깊이 새겨
하루도 잊은 적 없다

교수님 스타일·56 - 협박

개인과 조직이 싸우면
누가 이길까요

조직이 이깁니다
개인은 이길 수 없어요

학교 비리를 폭로한 교수님을 을러대며
총장이 말한다

재임용, 자신 있어요?
재계약, 가능할까요?

가만있으면
정년, 보장할게요

고개 숙이고 다소곳이 듣고 있던
교수님

창랑의 물이 맑음이여,
내 갓끈을 씻으리로다

창랑의 물이 탁함이여,
내 발을 씻으리로다*

노래 부르고는

정년 보장을 포기하고
학자의 양심에 따라

총장의 전횡에 맞서 싸우는
투사가 되기로 했다

* 『맹자』 이루장구 상에 나오는 말

교수님 스타일·57 - 벽면 수업

보리달마가 소림사에서 7년 동안
면벽 수행을 했다면

대학원 석박사 7년 동안
벽면 수업을 했다

힘없는 백성 학생은

안락의자에 앉아 가르치는 절대군주
교수님의 용안을 감히 쳐다보지 못하고

하얀 페인트칠한 벽을 바라보고 앉아
수업시간 내내 못난 자신을 질책하고 반성했다

창밖에 첫눈이 내리던 어느 겨울날
교수님께서 드디어 교지를 내리셨다

만약 하늘에서 붉은 눈이 내리면
법을 주리라*

---

* 자신의 팔을 잘라 스승 달마의 인가를 받은 제자 혜가의 예화에서 따옴

벽면 수업은 면벽 수행이 되지 못했음일까

단칼에 자신의 왼팔을 잘라
하얀 눈밭에 붉은 꽃을 피울 결기가 없던 나는

교수님의 제자로 인가받지 못했다

교수님 스타일·58 - 교수도 노동자다

국립대 최초로 교수노조를 만들고
초대 지회장으로 취임하면서

교수도 노동자다!

자명한 말을 엄중히 선언하였다

총회가 끝난 며칠 뒤
교수님이 엄중히 항의하였다

교수가 어찌 노동자냐고
교수인 자신은 노동자가 아니라고

교수가 어찌 붉은 머리띠를 두르고
구호를 외치고 노동가를 부르며

거리에 나앉아 투쟁을 하고
월급 올려 달라 싸울 수 있냐고

그런데 교수님,
그것 아세요?

노동자가 없으면
교수도 없어요

나는 노동자인 교수가
한없이 자랑스럽습니다

교수님 스타일·59 - 마지막 강의

모름지기 사람은

죽어서도
누울 자리를 보고 누우라 하였다

죽어서도 그럴진대
살아있는 내가 누울 자리 어디인가

욕망하며
서있는 이곳은

누울 자리인가
떠날 자리인가

수시로 마음을 살피고
다잡는다

미련 없다
욕심 없다

스스로 위로하고 다짐하여도

욕망은 스멀스멀
연기처럼 폐부로 스며드니

모두 버리고
떠나야지

죽어서도 내가 누울 자리는
무욕의 마음자리

마지막 강의를 마친
교수님은

눈과 귀와 입을 닫고
조용히 입정入定에 들었다

교수님 스타일·60 - 학자라면

나라와 나라
사람과 사람이

칼을 쳐서 보습을
창을 녹여 낫을 만들며

서로 싸우고 죽이지 않는
전쟁 없는 세상을 바랄 때

학자는
그 꿈을 지키기 위하여

칼을 쳐서 붓을
창을 녹여 펜을 만든다

사람은 누구나
각자의 무기로 싸운다

군인은 총과 칼로
학자는 붓과 펜으로

우리의 자유를 옭아매는
낡고 굵은 쇠사슬을 자른다

학자라면

목에 칼이 들어와도
붓과 펜을 꼿꼿이 세우고

할 말은 하고
쓸 말은 쓴다

다만
교수님 스타일로

직업으로서의 학문과 부정정신의 너머

김문주(문학평론가, 영남대 교수)

1

막스 베버(1864~1920)는 〈직업으로서의 학문〉에서 근대학문과 함께 학문하는 사람, 학자-교사로서 교수직의 성격에 대해 강론한 바 있다. 자유주의 좌파 학생집단인 '바이에른 자유학생연맹'이 주최한 1917년 뮌헨대학의 강연내용을 정리한 이 글은 학문하는 일의 의미와 의의에 관해 경청할 만한 의견을 담고 있다. 백년이 지난 강연이지만, 베버의 견해는 학문을 업으로 삼는 것을 고민하는 이들뿐만 아니라 현직 교수와 연구자들에게 여전히 생각할 만한 대목들을 제공해준다.

학자가 되는 길의 현실적 상황과 내적 조건을 살핀 뒤 베버가 학문 연구의 가장 중요한 핵심으로 강조한 것은, 모든 학문 연구가 필연적으로 '진보'의 과정에 편입되어 있다는 점이다. 후대의 예술적 업적에 의해 앞선 시대의 예술작품이 능가되거나 낡아버리는 일이 없는 것과 달리, 학문은 새로운 질문을 통해 앞선 시대의 성과가 학문 진보의 자양이 된다는 사실, 그런 점에서 모든 학문 연구는 무한한 진보의 과정에 속해 있으며, 이는 현대문명의 가장 중요한 특징인 '주지주의화(主知主義化) 과정', '합리화 증대'의 핵심 요인임을 베버는 강조한다. 우리의 삶과 우리가 속한 이 세계가 신비스럽고 알 수 없는 힘에서 기인한 것이 아닌, 이 세계의 모든 사물과 그 원리는 새로운 앎과 계산을 통해 충분히 이해되고 그래서 지배할 수 있다는 이른바 '세계의 탈주술화'는 궁극적으로 '무한한 진보'에 바쳐진 학문 연구에 기초한 것이라 할 수 있다.

베버가 학문하는 자들의 내적 조건으로 꼽은 열정과 소명의식은 자신의 연구가 진보의 과정에 온전히 편입된다는 것을 전적으로 수락한, 아니 이를 내면화한 이들의 성정이라고 할 수 있다. 그런 점에서 학문과는 무관한 사람들로부터 비웃음을 당할 만한 사소한 사물과 사태에 보이는 기이한 도취와 정열과 헌신은 엄격한 전문화, '합리적 실험'에 바탕을 둔 근대학문에 종사하는 이들에게 요구되는 어떤 '인격'이라는 것, 물론 여기에서의 학문은 수학적이고 논리적인 검증에 바탕을 둔 객관적 진리이며, 이를 향한 정열과 헌신은 지적인 공정성에 대한 정념이다.

근대적 학문과 학문하는 이들의 성격에 대한 베버의 규정은 앎을 가치나 실천의 영역과 구분한다. 근대학문의 진리는 내용의 가치에 대한 물음이나 행동에 대한 판단과는 전혀 이질적인 별개의 영역이라는 점, 이는 당연히 학문하는 이들의 자질과 관련되는 것이어서 학자는 단지 충실한 교사로서의 역할에 충실해야 한다는 것이다. 베버에게 진정한 교사는 기술에 대한 지식이나 사고의 방법, 도구 및 이를 위한 훈련, 그리고 자명함에 이르도록 돕는 역할에 충실한 자이며, 어떠한 입장이나 가치도 강요하지 않는 자이다.

베버는 신념과 가치에 대한 실천을 앎으로부터 분리함으로써 학문의 객관성을 담보하고자 하였는데, 비슷한 시기에 정리한 〈직업으로서의 정치〉는 바로 학문하는 이들에게서 제외한 자질을 정치인의 덕목으로 다룬다. 대의에의 헌신과 공동체에 대한 책무감, 그리고 이 둘을 조화시킬 수 있는 균형감각 등은 베버가 꼽은 정치인들에게 요구되는 자질이다.

직업으로서의 학문에 대한 베버의 견해는 학문하는 이들에게 요구되는 자질을 강조한 것이면서 동시에 근대학문의 성격에 대한 규정이기도 하다. 그에게 학문은 세계에 대한 자각과 인식에 기여하기 위한 영역이지 가치에 대한 판단이나 실천에 이바지하는 영역이 아니며, 마땅히 그것에 종사하는 이들의 내면이나 성정에도 하나의 자질로서 요청될 수밖에 없다. 가치중립적 태도, 사물에 대한 논리적인 인식, 그리고 이러한 과정에 필수적인 거리 감각 등은 직업으로서 학문에 종사하는 이들에게 필요한 자질일 수밖에 없다는 것이다. 앎과 실천의 분리는 학문에 대한 베버의 핵심적인 견해로서 이는 근대적 학문에 대한 회의적인 의문을 불러일으키기도 하였다. 이를테면 톨스토이는 우리가 무엇을 해야 하고 어떻게 살아야 하는가에 대해 아무런 기여를 하지 못하는 학문은 "의미가 없다"고 천명함으로써 가치, 실천과 분리된 근대적 앎의 무용성을 신랄하게 비판한 바 있다.

앎을 신념이나 가치와 분리된 객관적 대상으로 인식할 것인지, 아니면 둘을 연관하여 볼 것인지는 학문에 종사하는 이들의 성정에 영향을 주는 핵심요소이지만, 이 상반된 관점들에는 모두 앎과 삶의 연관성, 혹은 앎이 현실 변혁에 어떤 역할을 해왔다는, 혹은 할 수 있다는 가능성을 전제하고 있다. 근대 학문의 정립, 학문의 분화와 전문가 집단의 출현 등을 시사하는 베버의 견해는 오늘날 대학에서 학문을 하는 이들의 성격과 내면을 헤아리는 중요한 참조점인 것은 분명해 보인다.

2

채형복의 『교수님 스타일』은 대학교수인 저자가 교수의 속성과 행태를 풍자한 연작시집이다. 한 직역을 대상으로 한 권의 시집을 구성하는 사례는 흔하지 않을뿐더러 그러한 작업이 풍자적 성격을 띠고 있다는 점에서 『교수님 스타일』은 이례적이다. 흔히 풍자가는 함께 지내기 거북한 사람으로 알려진 바, 이는 그가 타인의 결점을 유난히 의식하며 그것을 드러내지 않고는 못 배긴다고 여겨지기 때문이다. 그래서 그의 입장은 난처해질 수밖에 없다. 왜냐하면 타인을 비판하기 위해서는 도덕적으로 뛰어나거나, 아니면 자칫 상대를 비난했던 결점이 자신에게 발견될 때 다른 사람들로부터 위선적이라는 비판을 받을 수 있기 때문이다. 하여 이 위태로운 작업을 수행하는 일은, 감행(敢行)이라고 할 수밖에 없다.

나는 교수님이다/사람들이 불러 교수님이고/사회적 지위가
교수님이다//교수님은//술도 못 마시고/헛소리도/욕도 못 하
는 줄 안다/온 종일 책 읽고/글 쓰고/연구만 하는 줄 안다
//교수님도//밥 먹고/똥 싸고/사랑도 한다
- 「교수님 스타일1 : 나는 교수님이다」 부분

시집의 서시격에 속하는 위의 시는 이 시집의 테마와
내용을 예고한다. 시집의 발화자인 '나'는 "사회적 지위가
교수님"임을 인식하는 '교수님'이다. "사회적 지위가 교수님"
이라는 언술은 교수직이 공공적 성격을 갖고 있을 뿐만 아
니라 사회적 존경을 받는 직역이라는 것을 화자가 의식하
고 있음을 강조한다. 문제는 그러한 '교수님'에 대한 사회
적 인식, 즉 "~하는 줄 안다"는 사람들의 인식과 "~한다"
는 실제 사이의 간극, 다시 말해 표면과 이면 사이의 차이
에서 발생한다. 이러한 모순을 간파할 수 있는 이유는 화
자가 "교수님"이기 때문이다. 시인이 한 권의 시집 전체를
통해 교수직에 대한 풍자를 수행하는 것은 교수직이 갖는
"사회적 지위"를 시인이 각별한 것으로 인식하고 교수직에
대한 분명한 윤리적 의식을 갖고 있기 때문이다.

표방하는 것과 실행하는 것 사이의 간극은 풍자의 가장
흔한 타깃이다. '교수님'을 대상으로 삼는 이 시집의 주요
전략은 "~하는 줄 아"는 '교수님'에 관한 사회적 인식과 실
제로 '~하는' 교수의 행태 간의 격차를 보여주는 것이며,
그 차이와 간극을 전시하여 대상의 위선(僞善)을 까발림으
로써 대상을 격하(格下)시키는 효과를 불러오는 것이다.

수업 첫 시간/누렇게 변색된 시험지 뭉치를 흔들며/교수님
은 말씀하셨다//탈고만 하면 되는데/왜 이리 바쁜지/법은
어찌 그리 자주 바뀌는지//10년 전에도 같은 강의안을 들고
/같은 말을 했다고/선배들은 전설처럼 말했다//교수님은 보
직을 하느라 늘 바빴고/법은 수시로 바뀌었다/전설은 후배
들에게도 전해졌다//교수님은/결국/정년 때까지 책을 쓰지
못하였다//하지만 누가 교수님을 탓할 수 있는가/퇴직하면
서 교수님은/명예교수님이 되었다
　　　- 「교수님 스타일 4 : 책을 쓰지 못하는 이유」 전문

시집에 자주 등장하는 "교수님"의 모습은 전혀 공부하지
않는 교수들이다. 공부하고 강의하는 게 주업인 교수님의
실제를 시는 "누렇게 변색된 시험지 뭉치"와 "탈고만 하면
되는데"라는 발언을 통해 전시한다. 여러 편의 시에 자주
등장하는 이러한 '교수님'의 모습은 교수직의 본업인 학문
연구에 불성실한 면모를 드러내는 단서이지만, 대상에 대
한 격하는 자신의 현주소를 위장하는 행태에서 유발된다.
선배들에게서 듣고 후배들에게도 전해진 교수님의 이 '전
설'은 시간의 힘을 빌려 그 진면모가 드러남으로써 희화화
된다. 학생들 앞에서 본인의 유능함을 전시하는 "누렇게
변색된" 종이 뭉치와 '탈고만 하면 된다'는 위장술은 사실
상 이 시의 언술이 겨누는 핵심이다.

풍자는 널리 알려진 것처럼 인간과 대상 세계를 날카롭
게 인식하는 사실주의 정신의 산물이다. 여기에는 거리를
두고 대상을 살피는 지적인 태도가 필요하며 대상을 비판
하는 부정의 지성이 요청된다. 해학이 대상에 대한 부정과

더불어 동정적인 태도를 담고 있는 데 반해, 풍자는 대상을 철저하게 비판하는 진지한 윤리 의식의 산물이다. 게다가 본인 또한 풍자의 대상인 '교수님'이라는 점에서 이 시집을 일관하는 "교수님"(들)에 대한 비판적 언술들은 사실상 시인 자신에 대한 윤리적 검열을 함께 동반한 내용이라는 점에서, 궁극적으로 시인의 윤리의식과 가치를 비추는 거울-반면교사라고 할 수 있다.

> 교수님은 찰스 디킨스의 소설 『어려운 시절』에 나오는 토머스 그래드그라인드를 좋아하셨다. 모든 법이론은 공리에서 출발하여 엄밀한 추론으로 논리를 세워야 한다는 신념에 따라 교수님은 글을 쓸 때 일련번호를 매기고 요점을 강조하였다.
>
> — 「교수님 스타일 15 : 공리주의」 부분

> 절차와 형식은//교수님을 지키는/강력한 수단이자 무기//동료애는 거추장스런 장식일 뿐//인간애란/나약한 자의 변명일 뿐//교수님은/동료도 자신도 믿지 않는다
>
> — 「교수님 스타일 36 : 의심」 부분

'교수님'들의 겉과 속의 차이는 『교수님 스타일』을 일관하는 풍자의 내용이지만 이러한 문학적 고발은 궁극적으로 교수의 역할과 책무에 대한 시인의 인식을 드러낸다. 위의 시에 언급된 찰스 디킨스의 『어려운 시절』은 19세기 산업혁명기의 영국사회를 조명한 소설로서 빈곤에서 헤어 나올 수 없는 노동자의 비참한 현실과 더불어 중산층의 비인간

적인 무관심과 책임회피를 그려낸다. 이 소설의 주요 인물인 교사 '토머스 그래드그라인드'는 공리주의를 신봉하는 자로서 이성과 원칙만이 중요하며 다른 인간적 감정 따위는 필요하지 않다고 여기는 인물이다. 찰스 디킨스는 노동자들을 생산원가의 한 부분으로서만 생각하는 산업자본가들과 행복의 척도를 물질적 효용성에서 찾는 당대 중산층들의 의식이야말로 인간의 존엄성을 훼손하는 도덕적 단견임을 비판한다.

위의 두 편의 시는 엄밀한 논리적 추론과 형식-절차에 매몰된 교수들의 태도를 형상화한다. 물론 이들 시편이 그린 교수들의 모습은 학문적 엄정성에 철저한 학자의 형상이라고 보기는 어렵지만 그들이 취하는 태도에는 공리주의적 효율성과 이를 학문적으로 방법화한 척도들이 깔려 있다. 이는 앞서 〈직업으로서의 학문〉에서 막스 베버가 강조했던 교수의 책무, 즉 기술에 대한 지식이나 사고 방법, 도구 등을 가르치고 훈련시키며 자명함에 이르도록 돕는 역할과 닿아 있다. 『교수님 스타일』은 교수직을 지식의 전수자로서, 논리적 객관성과 학문적 엄정함을 본질적 소명으로 바라보는 직업관과는 상이한 입장에 서 있다. 그것은 『어려운 시절』에서 찰스 디킨스가 취했던 공리주의에 대한 비판과 결이 닿아 있으며, 이는 막스 베버가 강조했던 교수직의 소명과도 분명하게 갈리는 입장을 취하고 있는 셈이다.

빈 것들의 머리는/늘 비어 있다//비어있으니/현학적이다/그런 채 한다//빈 것들의 가슴은/중심이 없다//바람 불면/부는 대로/이리저리 쓸려 눕는다//빈 것들의 입은/잠시도 가만있지 않는다//그 입이 세상을 어지럽히고/사람을 죽이고/살리기도 한다//빈 것들의 머리는/비어 있는 게 낫다//비어있기에/똑똑한 척이라도 하지/그런 체라도 하지//빈 것들의 가슴은/중심이 없는 게 낫다//바람 불면/부는 대로/쓸려가게 놔두자//빈 것들의 입은/잠시도 가만있지 않는 게 낫다//입이라도 열려있기 망정이지/그 입 막아두면/세상은 벌써 결단 났을 테다

-「교수님 스타일 27 : 빈 것들」 전문

대학원 과정부터 30여년의 세월 동안 시인이 목격한 교수 군상들 중 풍자의 대상이 된 이들의 공통점은 기본적으로 교수직의 본업에 충실하지 않으며, 사회적 책무를 전혀 인식하지 못하는 자들이다. 이들은 허울뿐인 교수들이고, 문제는 이들이 다수라는 점이다. 『교수님 스타일』은 교수 군상들의 다양한 구체들을 그림으로써 그들의 허위와 위선을 격하시키거나 때로는 화자의 반응을 통해 이들을 비판한다. 위의 시는 구체적인 형상을 제시하지 않은 채 부정적 대상을 "빈 것들"로 지칭하면서 그들에 대한 분노를 노골화한다. 대부분의 시편들에 쓰고 있는 "교수님"이라는 호명에 남은 일말의 웃음기도 제거된 이 "빈 것들"이라는 표현은 대상에 대한 시인의 내면의 저류(低流)를 직접적으로 현시한다. 공부를 많이 했으니 교수가 되었을 텐데 그들의 "머리는 늘 비어 있"고, 그러하니 이를 감추기 위해 '현학적'일 수밖에 없을 테고, 따라서 "입은 잠시도 가만있지

않"을 것이다. 시인이 '머리'와 '가슴'과 '입'을 말하는 것은 긍정이든 부정이든 이것들이 교수직과 긴밀히 연관된 신체 상징이기 때문일 터인데, 이를 뒤집으면 제대로 된 교수는 공부로 인해 '머리'가 채워진 이들이고 그래서 중심을 지킬 줄 알며, 나아가 중심이 따뜻한 자들이다. 그리고 언어로서 자신들의 배움과 뜻을 표현하는 이들이다. 이 시에 이르러 적나라하게 드러내고 있는 거친 분노는 표면적으로 같은 직군에 종사하는 부정적 이들을 향하고 있지만, 실상은 교수직에 대한 시인의 각별한 소명의식을 역설적으로 반영하는 증표라고 할 수 있다.

3

『교수님 스타일』은 그 제목이 시사하는 것처럼 교수들의 행동에 드러나는 독특한 행동 방식을 세목화하여 그려낸 작업이다. 이들 시편들은 대부분 잘난 교수들의 행동 방식과 행동 이면에 담긴 실체를 드러냄으로써 사회적으로 고상한 직업군인 교수들의 허위와 위선을 풍자한다. 이를 통해 교수들의 유치함과 어리석음은 쉽게 드러나고 이를 통해 대상은 추락하지만, 실상 이 시집의 궁극적인 목적은 그러한 폭로를 통한 격하에 있다기보다 오히려 그 한편에서 수행되는 "존재에 대한 물음" "나는 누구인가"(「교수님 스타일 6 : 연과 벌」, 이하 연작번호와 부제만 표기)라는 진지한 자기 성찰에 있다. 그러한 점에서 이 시의 풍자는 거울의 기능을 띠고 있고, 그러한 성찰의 기능은 이 시를 읽게 될 익명의 교수들뿐만 아니라 이 작업을 수행하는 자신을 향해 있다. 하여 60편에 이르는 시적 작업은 궁극적으로 '나는 어떠한 교수로서 살 것인가'에 대한 자기성찰이며 다짐인 셈이다. 『교수님 스타일』이 수행하는 풍자가 웃는 풍자인 조롱(嘲弄, ridicule)이나 저급한 위트인 비꼼 (sarcasm), 진지함을 거부하는 냉소(冷笑, cynicism), 염세적인 웃음인 조소(嘲笑, sardonic)와 변별되는 것은, 이 시집의 언술을 관통하는 안타까운 씁쓸함과 그 바탕에 깔린 진지한 의식이 비단 풍자의 대상만을 향한 것이 아니라 부조리한 현실 속에서 어떻게 살 것인지를 고민하는 스스로를 향해 있기 때문이다.

> 학교 비리를 폭로한 교수님을 을러대며/총장이 말한다//재임용, 자신 있어요?/재계약, 가능할까요?//가만있으면/정년, 보장할게요//고개 숙이고 다소곳이 듣고 있던/교수님//창랑의 물이 맑음이여,/내 갓끈을 씻으리로다//창랑의 물이 탁함이여,/내 발을 씻으리로다
>
> - 「교수님 스타일 56 : 협박」 부분

『교수님 스타일』의 4부에 수록된 시편들은 시집의 앞 부분에 실린 작품들과 달리 부정적인 현실에 대응하는 '교수님'의 모습을 형상화한다. 세상과의 타협을 거부한 전국시대 초나라의 정치가이자 시인인 굴원의 〈어부사〉의 한 구절을 '교수님'의 발화로서 인용하고 있는 시는 풍자의 대상으로서 교수의 모습이 아닌 다른 스타일의 교수 상(像)을 보여준다. 부정한 현실에 "두루뭉술하게 살아가는"(28,

그럼 나는 교수니까) 다수의 교수와 달리 "학교 비리를 폭로"하고 대학당국의 협박과 타협에 "정년 보장을 포기하고" "총장의 전횡에 맞서 싸우는 투사가 되기로" 한 "교수님"의 모습은 이 시집을 일관해온 풍자의 궁극적 안착점이다. 풍자의 목적이 작가의 개인적인 만족과 쾌감, 혹은 세상을 바로잡으려는 공공정신이라고 한다면, 위의 시편은 이 시집의 풍자가 후자를 목적으로 한 것이며 위의 작품이 보여주는 교수의 상은 이 시집이 집요하게 수행해온 부정정신의 거점을 확인시켜준다. 그것은 "학자의 양심에 따라" 행동하는 전통적인 지식인의 상이며, 이는 개인의 안일을 넘어 사회적 책무를 자각하고 실천하는 인간 형상이다.

교수에 대한 사람들의 일말의 존중감이 있다면 그것은 교수직이 갖는 사회적·공적 성격에서 기인할 것이다. 시인이 풍자한 타락한 교수들의 공통점은 '진실성'과 '순수성'을 "잃어버린 지식인"(9, 노회)이라는 점, 지식인으로서의 자질을 상실한 이들은 '위험하'고 '교활해'진다는 게 시인의 기본적인 인식이다. 위의 시편에 그려진 '교수님'이 고통과 수난을 알면서도 부정한 현실에 맞서 싸울 수 있도록 추동했던 "학자의 양심"은, 이 시집이 집요하게 수행한 풍자의 둥지이자 부정정신의 근거이다. 현실의 교수 군상들을 비판하는 이유는 교수라는 직업에 단순히 생계를 위한 노동을 넘어서는 공적 성격이 있다는 것, 바로 그것이 예고된 수난에도 불구하고 교수들이 사회적 비리와 불의에 맞서 싸우는 이유일 것이다. "학자라면//목에 칼이 들어와도/붓과 펜을 꼿꼿이 세우고//할 말을 하고/쓸 말은 쓴다"(60,

학자라면)는 교수의 모습은 이 시집을 관통하는 풍자의 교정 지점일 터, 이러한 "교수 스타일"에는 교수직이야말로 타락한 자본의 현실, 부패한 권력에 맞서 싸우고 비판할 수 있는 거의 유일한 직군이라는 시인의 인식이 가로놓여 있는 듯하다. 이 시집이 집요하게 교수들의 현실적인 모습들을 그리고 이를 신랄하게 비판한 이유는 바로 이러한 인식 때문일 것이다.

이는 "학문은 우리 자신에 대한 자각과 사실관계의 인식에 이바지하기 위해 전문적으로 행해지는 직업"일 뿐 현실에 대한 어떤 구원이나 현명한 제언을 하는 게 아니라는 막스 베버의 입장과 명확하게 배치된다. 시인의 풍자 과정에서 제시된 교수의 자질은 비단 자신의 양심을 지킬 뿐만 아니라 "정의를 알"고 "사람을 사랑하"(24, 아무것도 아는 게 없는)는 이어야 한다는 것, 나아가 "타인의 아픔에 공감하고 눈물 흘리며/고통으로 아우성치는 세상을 살리는//지식의 최전선에 서 있"는 자이어야 한다는 인식은, '부정한 현실에서 학문은 우리의 삶에 어떻게 기여하느냐'며 서구의 근대적 학문관을 신랄하게 비판한 톨스토이의 입장에 닿아 있다. 교수들의 부정적 모습과 대비(對比)하여 이 시집이 그리고 있는 긍정적인 "교수님 스타일"은 전통적인 지식인상, 배우고 가르치는 일에 충실하되 자신의 양심에 따라 행동하며 공공선을 위해 분투하는 자이다. 이러한 모습이야말로 〈시인의 말〉에서 천명한 "밥값은 하며 사"는 교수의 상이라고 할 수 있다. 두말할 필요 없이, 이러한 교수는 우리 현실에서 매우 드문 형상이다.

최근 한국의 대학은 끝을 모르고 추락하고 있다. 교육부 재정지원사업에 사활을 걸고 대학의 경영을 송두리째 바꾸는 대학당국, 연구비 수주에 골몰하거나 보직에 목을 매는 교수들은 더 이상 교육에 관심을 갖지 않으며, 대학은 학생들에게 취업을 위한 학점승인 기관으로 전락한 지 오래다. 그러니 큰배움터라는 대학(大學)에 진정한 배움을 기대하는 것은 어불성설이다. 교수사회의 반민주적인 위계구조가 갈수록 악화되는 것, 대학에 종사하는 여러 성격의 노동자들의 삶이 황폐해지는 것도 지극히 당연할 수밖에 없는 게 오늘날 대학사회의 구조이다. 같은 대학의 울타리 안에서 벌어지는 불의와 부당함조차 자신들의 이해관계에 직접적인 영향을 주는 경우가 아니면 구성원들의 관심을 받는 경우는 이제 거의 없다. 대학은 이제 사회 일반보다 더 타락하고 무심한 영토가 되었다. 어찌 보면 대학은 더 이상 의미가 없는 제도권 교육기관일 뿐이다.

그러한 점에서 60편의 작품을 한 권의 시집으로 묶어낸 시인의 의지는 분명히 새길 말한 것이지만, 그럼에도 한편으로는 쓸쓸해 보인다. 다양한 교수 군상들의 허위와 위선을 풍자하면서, 여전히 참된 지식인의 모습을 그리고 있는 이 집요한 작업의 끝에는 '나는 어떻게 살 것인가'에 대한 시인의 다짐과 신념이 자리하고 있다. 그리고 그 물음은 우리에게 대학은 무엇이며, 학문을 하는 일, 참된 공부는 어떠한 것인지를 다시금 생각하게 한다.

우리에게 대학은 무엇인가, 아니 우리에게 대학은 무엇이어야 하는가.

학생들에게 법학을 가르치는 법전원 교수인 채형복이 시를 쓰는 이유, 법학자인 그에게 시는 아마도 이 희망 없는 대학 사회에서 "스멀스멀 연기처럼 폐부로 스며드"는 온갖 '욕망'(59, 마지막 강의)으로부터 자신을 지키고 지식인의 책무를 다하기 위해 자신의 마음에 한 자 한 자 새기는, 준열한 자기성찰의 일기 같은 것일지도 모르리라. 이는 막스베버가 제시한 근대적 학문의 소명의식, 그 도구적 지식인의 한계를 넘어서는 작업의 일환일 터, 그가 강건하게 이 싸움을 치러가길 진심으로 응원한다. "칼을 쳐서" 만든 "붓과 펜"의 글쓰기, 그 채형복의 시가 우리 시의 새로운 앙가주망의 세계를, 그래서 한국시단에 자유와 자기실현을 위한 윤리적 책무로서의 시 쓰기의 새로운 장(場)을 열어가길 기대한다.

교수님 스타일

초판 1쇄   2024년 6월 30일

지은이   채형복

펴낸곳   문학여행
발행인   고민정
주소   서울특별시 서대문구 연희로37길 77-13 402호
홈페이지   www.bookjour.com
이메일   contact@bookjour.com
전화   1600-2591
팩스   0507-517-0001
원고투고   edit@bookjour.com
출판등록   제2021-000020호

ISBN   979-11-88022-58-8 (03810)

문학여행은 출판그룹 한국전자도서출판의 출판브랜드입니다.